22

ILUSTRAÇÕES
Felipe Reis

Bodão, Rodrigo

22 devaneios de um poeta à deriva / Rodrigo Bodão ; ilustrador: Felipe Reis. – Rio de Janeiro : Mórula Editorial, 2013.

80 p. : 19 cm

ISBN: 978-85-65679-06-0

1. Poesia brasileira. I. Reis, Felipe. II. Título.

CDD: B869.1

R. Teotonio Regadas 26, 904 – Lapa – Rio de Janeiro
www.morula.com.br
contato@morula.com.br

RODRIGO BODÃO

22 devaneios de um poeta à deriva

mórula
EDITORIAL

para Érica
minha deriva mais intensa

no meio do caminho tinha uma pedra

e essa pedra era eu

cansado da vida
cansado da estrada
cansado de mim

cansado e sozinho
negando o caminho
apressando seu fim

preso
numa falsa liberdade

fechado
num torpor voluntário

perdido
num vacilante alheamento

entregue
à insipidez frenética
de salivas
orgias
e anestésicos triviais

estirado
numa paz falsa e absurda
sob um manto de silêncios e suspiros

o abraço encharcado da chuva
no sol fez carnaval comigo
e acendeu meus olhos
num desfile de novos sentidos

desde então é que já não sou pedra

renasceu minha verve e desejo

fecundado por orgasmos e beijos
os meus versos encontraram pernas
no orvalho e seu doce lampejo

e é assim
que enfim
hoje vejo

— apesar das retinas fatigadas
apesar das dores
dos porres
das lágrimas

apesar desse relutante debochado insolente
descarado e atrevido medo mesquinho

apesar
de tudo e todas
minhas antigas cantilenas

o quanto estou ainda
apenas
no meio do caminho.

bromélias exalam mães em silêncio

rosas suspiram suor e vinho

lírios cochicham um cheiro de morte

trevos de quatro gaguejam sorte

as horas deitam matéria no canto dos
passarinhos

mulher bêbada tem voz de pernas abertas

certezas disparam conjecturas

maduras as frutas explicam a gravidade

palavras são lapidadas pelo cinzel do silêncio

a leveza da brisa adorna comidas pesadas

barulho na escada não deixa pegadas

na areia mora um silogismo efêmero

verdades dormem na traquéia dos sofismas

o mundo é efeito de encantos

os homens são meros macacos vaidosos

ventos inventam distâncias

a pronúncia decerto é sempre incerta

todo absoluto tem sabor relativo

tudo que é depende do estado do espírito

sentidos me tangem

trago em meu corpo o gosto do inefável

em meu peito cochila um latifúndio

minha atividade predileta é a pecuária
dos destinos

todo dia planto vozes na terra que me falta

encolho versos em guardanapos

o melhor de mim é inútil

de cerveja e juventude são feitas
as revoluções

dentro de mim se esconde uma gargalhada
quando encontro algum profeta

desde menino caiu meu queixo

junto ao vazio torno-me inconsútil

lembranças temperam minhas refeições

as palavras zombam de mim vez em quando

quase sempre

lambem as más línguas meu ser poeta

deixo que digam
deixo que pensem
deixo que falem
deixo pra lá
deixo estar
tudo bem:

o vazio das palavras é meu também.

3

confesso
declaro
que o excesso de trabalho está minando
minha potencialidade natural
de vagabundear

vagabundeio
numa expressão caseira de resistência

resisto
numa inércia ressaqueada

não quero mudar o mundo
nem alterar paradigmas
muito menos dar exemplo

quero só isso mesmo:
ficar quietinho
e encontrar tempo
pra escrever besteira.

cafuné de mãe deitado no sofá
suco de manga
cheiro de maracujá
peixe frito na hora
mergulho no mar
café quentinho e cigarro
cheiro de carro novo
canto de passarinho
beijo no pescoço
abraço gostoso debaixo de chuva
cochilo na rede depois do almoço
bombom de uva
cigarro do solto em seda de arroz
deixar o trabalho chato pra depois
andar na praia
luau em Itacoatiara
cantar no chuveiro
vento no cabelo
alongamento
shiatsu
dançar forró a noite inteira
jogar capoeira
dormir abraçado

ar condicionado
os sons da manhã
abrir um bombom
castanha e avelã
ceia de natal
pular carnaval
fazer a barba na sauna
carinho na alma
cerveja gelada
bater uma bola
jogar frescobol
deitar na areia
nascer do sol
trepar a noite inteira
banho de cachoeira
festa surpresa
voltar pro mesmo sonho
sair pelo mundo afora
dinheiro no bolso
viver o hoje e agora
acordar bem disposto
vento no rosto
a noite
o dia
água de coco
larica de madrugada
passeio de bugre
aquela noitada
viagem pra Abrolhos

nada

nada disso se compara
ao calor dos seus olhos...

5

não procures desvendar-me
através dos meus versos

inverta a ordem do que digo
e encontrarás apenas a ti mesmo
perdido
perambulando nas entrelinhas

no caso de conhecer-me
procure o hiato
o vazio entre os ruídos
e preencha com a entonação silenciosa
do teu desejo

não interpretes minha poesia
procurando-me

não
não
não

psssssssssss

cala a boca

se não podes ler-me de outro modo
guarda pelo menos
com carinho
meus segredos

não me reveles
não exponhas
o que jorra e flui
oculto de mim

sim

ainda que eu possa
confirmar tuas hipóteses
validar tuas próteses
autenticar tuas cópias
                                        não sou cartório
e pouco me importa tua lei
nossa lei

nossa

quanta bobagem

quanta besteira

maldade até

pura vontade de dominar
onde não há porquê

toque-me e desfira apenas olhares cúmplices
mas não me dizes nada além de beijos
seda
e fósforo

e assim prosseguiremos nus
cada um vestindo a sua maneira

encontre-me cá fora
no sabor dos lábios
no calor do abraço
gargalhada
no suor
no ritmo
no sexo
nas lágrimas

continuemos no escuro
— se acenderes vela
eu sopro

não

por favor

não me procures nas palavras

não percas teu tempo

pois nelas é onde melhor me perco

[a poesia não me desvela nem ostenta
muito menos antevê

a poesia me cria e recria
no mesmo instante em que inventa
alguém que me lê]

tudo o que de mim encontro acesso
vejo vir e vivo pelo avesso
com a contradição dos tantos verbos
fecundando versos e adereços

na pressão tão turva e incontida
desse ser que em mim somente some
quero ritmar numa batida
tudo o que me cria e me consome

eu bem sei não ser tão execrável
e quando posto em praça pública
não me espanto

porquanto ouço o canto comovido e instauro
o surto onde me embalo
e onde me encanto

não posso me dizer nem tão sortudo
e nem mesmo sou assim tão azarado

confundo tudo e dublo o absurdo
com a voz altissonante do meu brado

se a imagem cujo eu me vem do espelho
intenta persuadir-me pela entrega
eu jogo-a de volta pronde veio
e vivo a afirmação que em si me nega

e nessa revoada de delírios
contemplo isso que dentro em mim desperta
os versos desvairados onde insiro
os nomes da paixão que me liberta

sem mais então eu forjo a completude
para perdê-la sempre um passo a frente
trazendo seus efeitos e atitude
na luz da inspiração intermitente

ao longe alguém sempre me aplaude
e me solta mesmo quando alguém me prende
acorda o turbilhão de liberdade
neste homem que até a morte não aprende

persistindo na empreitada desmedida
tão cheia de tolice
engano e afronta
está o preço que esta louca vida
cobra de mim por cada estrofe pronta.

leio Darwin:
regozijo-me macaco

penso em Einstein:
ejaculo energia

e se Freud
hoje em dia
cheira talco
é efeito
do que em Marx
mais valia

das maçãs desabam Newtons
e eu prefiro Adão e Eva

quando ao banho
eurekas gritam:
"quem tem seda"
e "dá uma cerva"

sai daqui
vê se anda
ô logos

xô
se manda
que agonia

deixa ser assim sem nome
sem nem terminologia

se eu grito humanidades
não me enche: sou poeta

pouco importa sua verdade
nem sua metodologia

quero ser
pra ti
silêncio
e aos meus
algaravia

bolinar axiomas

penetrar com minhas rimas

quero o cu do inominável
clitóris do indizível
a língua do inefável
o espasmo inconcebível

e se eu falar besteira
deixa EU ser desprezível

quero estar onde eu estava

haver onde eu já havia

ecoar a noite escura

mergulhar na luz do dia

sem conceito
                    introdução
          revisão
                              bibliografia

torto o meu rio corre

certo é palavra fria

quero louco
          onde são
letra oculta
                    poesia

e se você disser que não
foda-se sua teoria

e vem cá
olha pra mim
não me diz que estou errado

porque se falei assim
eu não quis falar assado

sou poeta sim eu sei
mas poeta desbocado

se não gosta do que escrevo
guarda pra limpar seu rabo

pois meu verso é luz no breu
do seu cu mimeografado.

8

o tempo é curto
não há tempo

não há tempo e nada
faz sentido

nada faz sentido e o tempo é curto

não há tempo para dar sentido
nisso tudo que acontece
no pouco tempo em que estou vivo

o tempo é curto
não há tempo

não há tempo e nada
faz sentido

nada faz sentido e o tempo é curto

não há tempo para dar sentido
nisso tudo que acontece
no pouco tempo em que estou vivo
e permaneço inerte

o tempo é curto
não há tempo
não há tempo

nada faz sentido
nada
faz sentido e o tempo

é curto

— não há tempo para dar sentido nisso tudo
que acontece no pouco tempo em que
estou vivo e permaneço

inerte.

não aprecio
não gosto
renego
a realidade

prefiro metáforas

por isso
constantemente vivo

entre aspas...

10

minhas impressões digitais são únicas

eu sou ímpar
singular

minhas ideias refletem retalhos
quase originais
de minhas escolhas genuínas
numa colcha permanentemente alterada

e nessa unicidade forjada e capenga desvario
com a fragilidade dos nós que inventam
a linha que se enrola em meu nome

meu passatempo predileto
é perder-me de mim
no labirinto que me habita e constitui

sou tudo o que fui
e vou ser e flui
sem fim de dentro
de mim e forja
a forma na medida
em que aponta o que não sou
e assim aglutina
o que penso ser ou estou
sendo
no instante mesmo em que penso que

sou.

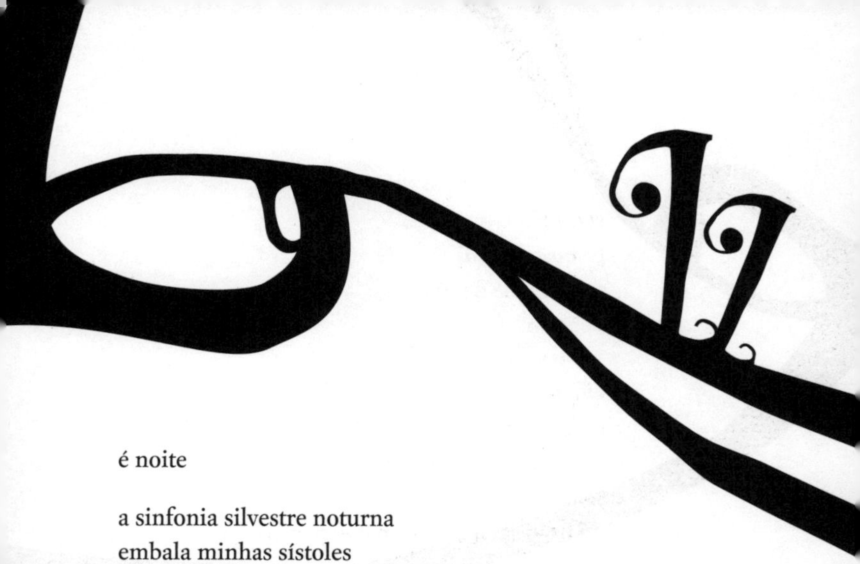

é noite

a sinfonia silvestre noturna
embala minhas sístoles
numa pulsação tranquila

meu braço quebrado sugere repouso

meu corpo cansado exige descanso

no entanto
a poesia me espreita
e sua sombra luminosa
inverte minha noite
— amanheço!

nada tenho a dizer
nenhum assunto importante
nenhuma questão mal resolvida
nenhuma paixão malsucedida
nenhum lampejo incontrolável
nenhum desvelar de mensagem
nenhuma abdução da linguagem
impele-me a escrever

— a não ser essa urgência muda
de dissimular o silêncio...

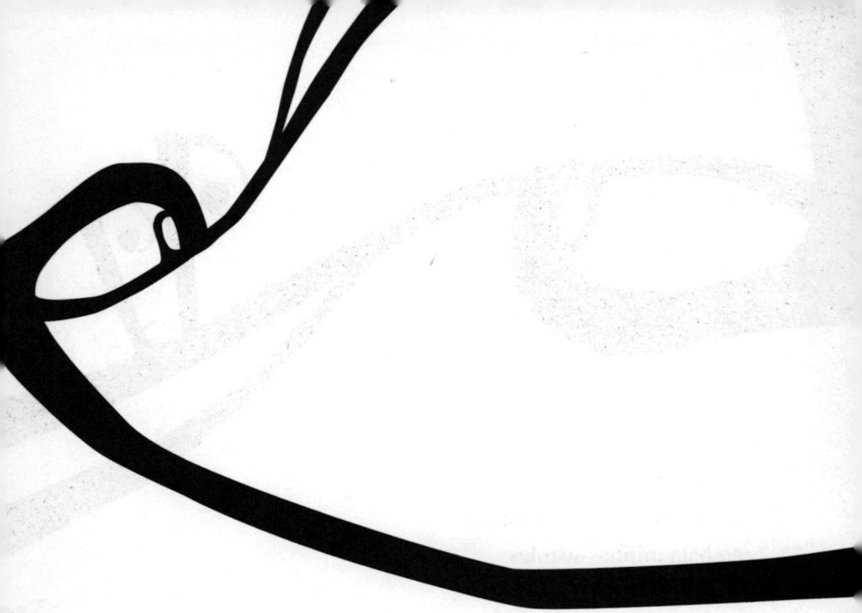

12

vem menina

venha ver

ver como ulterior ao sopro
as palavras pulam
cantam e brincam
tão vivas

ver como as palavras não são suas
nem minhas
e da boca pra lá se misturam
em discursos úmidos
com a intenção da língua
na fração em que lambe
o instante e a sílaba

vem menina

vem cá ver

o vazio das palavras na palavra
                                                  vazio

e como são frias
quando digo
                                  frio

e como são belas as palavras
quando estão contigo

e como é bom ficar ouvindo
o código límpido
dos seus olhos expressivos

e vem menina

ver você

regando as palavras

com esse seu olhar

tão vivo...

13

não me peça agora que diga nada

deixe-me só

deixe-me em paz

e além do mais
ouça a eloqüência polissêmica do meu silêncio
a presença delirante do discurso ausente

leia em meus olhos e gestos
o significante dormente
e dê o significado que primeiro passar por sua
cabeça

não procure
não desvende
esqueça
a possibilidade de descobrir minha verdade
  última

pois perdi
faz muito tempo
e até hoje
não sei de mim um puto

e ando por aí
duro
mendigando verbos e predicados
de sujeitos ocultos na primeira pessoa

não

sem essa de enigma
palavra escondida
sem mistério nem trauma
apertando minhas cordas vocais

somente o silêncio
rebuliços corporais
e a sensação de nestes versos
já ter falado

até demais...

14

"o que os olhos não vêem o coração não sente"

e existem coisas que eu sinceramente
não queria saber
— mas sei

ou preferia não ficar sabendo
mas acaba acontecendo
assim
na minha frente
o fato ali
presente
desabando seu peso
cobrando seu dividendo

barata no quarto de madrugada
barulho na escada
conversa fiada
desvio de verba
vultos sorrateiros
confissões embriagadas
segredos devassados

todos
todos os meus pecados

dúvida de Deus
vazio no céu
vazio em mim
e tudo o que enfim
preferia não ver

pra quê?

pra cutucar minha usina interrogativa?

pra despertar a fúria alienada e suicida?

pra amargurar meus dias
lacrimar a aurora?

não

resolvi que agora vou descansar
largar essa porra
deixar de lado
as urgências interrogativas

vendar minh'alma
entregar-me à cegueira
ao anestésico mais eficiente

[falo isso tudo
mas não é suficiente

blá blá blá
e não adianta:
a espinha já está na garganta

blá blá blá
e daí?
já era:

eu já vi]

15

ainda tenho duas latas de cerveja geladas
e uma mulher deitada
sorrindo
esperando-me comê-la

ainda existe
uma promessa antiga
de que amanhã minha vida
encontrará sentido

ainda há dinheiro no banco
maconha na gaveta
cigarro no maço
e um teco escondido

ainda há no ar
uma esperança
de que eu possa dar um basta
nessa vida sem sentido

ainda há um monte de coisas
que eu não usarei
mas gosto de saber
que estão comigo

ainda há o mundo inteiro
e sua sombra abstrata
hoje
é meu abrigo.

16

há uma mulher deitada ao meu lado
ronronando um ronronar tão belo
num corpo que pulsa
em curvas de violoncelo

suas nádegas redondas
macias e pedintes
gritam por carinho

eu faço...

a mulher desperta serpenteando
sua volúpia matinal
e pronuncia meu nome
enquanto afaga meu corpo

[é estranho quando acordo
e não reconheço o lugar
onde me deito

mas é muito bom acordar
e lembrar de tudo
desse jeito]

olha...

pudera eu agora inteiro aconchegar-me
no doce leito quente do teu tempo e espaço
e ouvir teu canto ardente e o desembaraço
cujo frescor me incita a cravar na derme
meus dentes tão famintos do teu gozo e espanto
quem dera eu pudesse agora neste instante
alçar-me ao voo oculto desses kilobytes
fazendo coro ao meu desejo de arremate
reverberando beijos no eco triunfante
e teletransportar-me num sublime encanto
despir das tuas vestes tuas profundezas
deitar-te sobre a mesa e apreciar teu gosto
pousar-te sobre a cama e salpicar teu rosto
com o mel purificado das minhas certezas
e gargalhar bem alto e claro e louco e tanto

olha...

18

dia vai
dia vem
noite cai
eu também
nesse leito
onde não tem
mais quem eu amo
e quero tanto bem

outro dia
vem e vai
no entanto
engulo o ai
e levanto
meio tonto
quase pronto
para a noite que cai

é a vida dando voltas
e o mundo
cambalhotas
onde tento
em linhas tortas
inventar o meu destino

a cada sol nascente
a cada lua crescente
a cada amor ausente
e tanta gente querida que se vai

é a vida
e o preço que ela cobra

c’est la vie
— e mãos à obra.

19

eu quero fazer do som
sonho na minha viagem
e cada passo que dou
lanço nessa engrenagem
o som do passo que sonho
nessa viagem que faço
em cada laço que sou
peça e vertigem no espaço
sendo bem mais do que som
sendo vertigem ao quadrado
faço do sonho que sou
essa engrenagem no espaço
peça que laço no passo
desse quadrado que foi
somente
um pequeno pedaço...

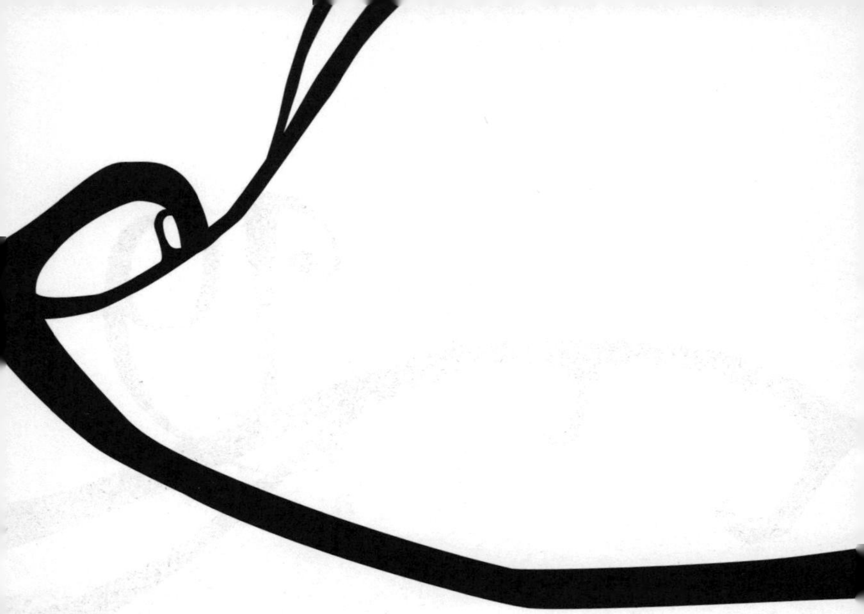

20

amar...
ai, amar...
amar é bom que só vendo

amar é tão bom
que mesmo quando
babacas que somos
juramos pelo resto da vida
que nunca mais amaremos
amamos
para o resto da vida
a jura
que fizemos.

não nasci pro sol
nem nasci pra lua

eu nasci
            pra rua

pai nosso ou o que quer que seja
onde quer que esteja
aqui ou no céu

apaziguado me sinto
apesar do ceticismo
ao pronunciar teu nome

minha voz faz-se um reino
onde tento aceitar tudo aquilo
que não depende da minha vontade

nessa terra
perdido
ao léu...

os vãos erros nossos de todo dia
bem sei que estarão também
por aí hoje

apesar de medir as palavras e ofensas
sempre no final acabamos ofendendo
a quem não queríamos ter ofendido

bem sei que me é
inevitável
cair em tentação

mas não faço por mal

tá bem?

Déjà vu

metacaNsaço

Niezstche é tão nítido
quanto Kant desencanta

o mito não omite
o que Kierkegaard
quer que eu guarde

Hume perdeu o rumo

Freud não fode

Locke não tranca e Hobbes
não rouba nem toma o Dilthey
pelo não dito

Erasmo veio do marasmo
e a utopia de More
demorou

já descartei Descartes

nem Foucault ficou

Aristóteles
leva daqui teus vários totens

cansei-me da contemplação
que contêm Platão

Sócrates
não dês-me o daimon
dá-me o santo
dá-me

basta

chega de filosofia

eu quero a Sofia
Loren ou não

rompi com essa vã sabedoria
sempre procurando o sim
e sempre esbarrando no não

chega de razão
chega de agonia

sai Rodrigo
entra Bodão

chega de buscar a verdade
dia após dia:
com Tales
não me meto mais não.

parnausiano

não me interessa ser parnasiano

anseio pelo ser humano
natural
tolo
errante

por vezes medíocre
mas sempre pensante

a perfeição da forma parnasiana
causa-me solenes náuseas
cuja cega tonteira profana
oculta-me a inércia de outras causas

[à confissão tardia me obrigo
e a verdade obscurecida lhe digo
ciente de ser ato perigoso

a verdade
meu caro amigo

é que eu
Bodão
Rodrigo

sou um poeta preguiçoso]

arte

"o que é arte para você?"
me perguntam...

arte para mim é cometer

é transgredir a ordem vigente

é atingir a alma
na forma do tapa
que agride e agrada
instiga e rejuvenesce

é incidir na essência dionisíaca
a consumação cardíaca
de uma droga abstrata

inata
no homem

exata
no erro

sensata
na fonte
da febre que arde

arte é a língua
que lambe
o sangue ausente
na ferida latente
da dor calada

arte é o pé
que pisa e agita
a água parada

o que é arte para mim?

sei lá...

arte para mim é tanto
e qualquer resposta que quando
me fizer esta pergunta
eu lhe der
não passará de um fragmento momentâneo
de tudo
o que é.

um arrepio na madrugada

não me alimento de poesia
ela é quem me devora

e não é ela que vive em mim
oculta e pronta a ser desvelada
numa insone madrugada

eu que nela me insiro
por obra de uma
mútua atração
propagando a inspiração
num orgiástico frenesi

arrepio de fenômeno
comungando da coisa-em-si.

SORRISO

muitos me perguntam
como posso estar sempre sorrindo

é porque há em meu peito tamanha dor
me dilacerando e consumindo
que eu então
feito um ator
disfarço a dor
sorrindo

de tanto errar ao viver
há muito
pensei em morrer

essa expressão anti-dor
sufocou o impulso suicida
ou qualquer coisa parecida

esse sorriso virou meu norte
contra os desígnios da sorte
talhando-me de forma invertida:

de tanto pensar na morte
tornei-me cheio de vida...

DOTE DIVINO

meu corpo gordo
manequim 46
nunca me permitiu ser um grande
   conquistador

ainda por cima
minha timidez
contribuiu
por sua vez
para me afastar de um grande amor

ao perceber cada vez mais distante
meu sonho de viver um belo romance
por não ter dotes físicos de atleta
implorei aos céus por uma chance
— e Deus fez de mim

poeta...

comunhão

cristianismo
judaísmo
islamismo
e tantos outros ismos
como istmos
segregadores da verdade
adornando com o véu da certeza
uma possibilidade

os fetiches das religiões
com suas hediondas listas de proibições
e culto aos sacrifícios
em nome de um exercício de fé

tomam Deus refém do conforto
fazendo-se acreditar
que tudo o que se sofre vivo
será recompensado quando morto

mortos
assim nos querem vivos

modernos fariseus nocivos
sustentam sua doutrina assassina
com privações sem nexo

não
eu não quero essa sina
eu quero sexo

porque sei que o demônio
pai do prazer que os enfurecem
é o mesmo pai do poder
com o qual se fortalecem

como em São Tomé
eu boto fé
é no que eu vejo
das letras batidas profundas
no espelho de meu desejo

maestro do músculo
surdo em meu peito
ribombando frases pessoais

explanações abstratas
de inspirações carnais

vastos sentimentos
absurdos momentos
harmonizados no ritmo convulsivo
do estar vivo

o efeito poderoso da eletricidade de um beijo
nervoso:
eu acredito é na taquicardia

emocionada melodia
de um coração extasiado
na percepção embriagada de poesia...

poesia

voz divina de um coral
uníssono e difuso

poesia

paixão cega
enxerga o certo no confuso

poesia

esquizofrenia que preservo

arte da qual faço-me servo
e sirvo-me sem cerimônia

poesia que me explica
e que me abona

significa para mim
a razão do ente do meu ser
ser eu

assim

sim!

a arte é minha religião

sim!

a arte é minha mais sincera divina comunhão

sim!

a arte é minha resposta

SIM!

às doutrinas do não.

1ª edição	abril 2013
impressão	rotaplan
papel miolo	pólen bold 90g/m²
papel capa	cartão supremo 300g/m²
tipografia	clifford